대왕암 억새

책 만 드 는 집   시 인 선 1 4 6

대왕암 억새

김승재 시조집

책만드는집

솜 한 짐 짊어졌더니

가랑비가 내린다.

– 2020년 6월
김승재

| 차례 |

5 • 시인의 말

1부 대왕암 억새

13 • 대왕암 억새
14 • 고수레
15 • 종성굴 전설
16 • 노갑이을
17 • 진달래 화판
18 • 대왕암 동백
19 • 해운사 물소리
20 • 송광사 새벽
21 • 매미 날다
22 • 쪼리
23 • 정형시를 쓰다
24 • 미포만 바람

2부　태화강의 봄

27 • 태화강의 봄

28 • 붕어빵

29 • 손금

30 • 멧돼지 출몰

31 • 십리대밭에 들어

32 • 어째서 쓸까

33 • 태화강 갈대

34 • 홍시

35 • 폐선

36 • 심동저수지

37 • 끈한 생각

38 • 보배섬 新 흥그레타령

40 • 쑥밭

3부   묘박지

43 • 묘박지

44 • 울돌목 야경

45 • 진도

46 • 파도

47 • 바다 그늘

48 • 허울

49 • 어미란 다 죄여

50 • 新 동해안별신굿

51 • 서릿발 대웅전 짓다

52 • 구름은 흘러가고

53 • 어머니

54 • 떠도는 빛

4부 몽돌 소리

57 • 몽돌 소리

58 • 잡초

59 • 야간 공습

60 • 봉대산 문 여는 소리

61 • 흔들림체 시

62 • 고리채

63 • 탐석

64 • 반 타령

65 • 문지방 넘다 말고

66 • 봄날 아무도 모르게

67 • 해동 먼 날 어머니 본다

68 • 근황

5부   구도로

71 • 구도로

72 • 어찌가

73 • 돌을 쪼다

74 • 그러지 마

75 • 동해남부선

76 • 금오산 가을

77 • 만선의 아침

78 • 설악의 아침

79 • 달맞이꽃

80 • 씹는다

81 • 꽃비 내리는 날

82 • 소나무 옹이

83 • 해설 _ 유성호

1부

대왕암 억새

대왕암 억새

포말이 빗질하는 헝클린 백발 머리

난바다 파도 소리 가져온 고전을 받아

누천년 흘러온 전설 장장이 읽고 있다

고수레

흰 눈 같은 백자 잔에

시詩처럼 채운 홍주

비좁은 세상 불길 어디 한번 꺼보자고

줄 없는

이력서 쥐고

불러들인 오두귀*

* 머리가 다섯 달린 귀신. 보통 귀신의 다섯 배의 신통력을 가졌다고
한다.

14

종성굴 전설

이것이 겁나게도 아주 먼 옛날 말ᄅᆯ이어
동석산 돌종 천 개 내걸린 바우독 굴에
비땅이 얻어준 공양에 팔자 핀 땡중 말여

어느 날 찾아온 보살 끼니 걱정에 걸려
동굴을 두 번 쑤셔 밥 두 그릇 청했는데
밥커녕 뻘건 쐿물이 철철 넘쳐 흘렀당께

순풍에 돛이 달린 불바다에 헤엄치다
쥐도 새도 절도 중도 연꽃도 다 타불고
쩌 보게 흔적이라고는 종성굴만 남었네

노갑이을 怒甲移乙

침묵을 지키던 내 마누라 쥔 칼자루가

가슴 같은 도마 위를 사정없이 내려쳤다

덜커덩

내려앉은 가슴

쩍

갈라진

붉은 양파

진달래 화판

큰일 났네 큰일 났어 온 사방 불붙었네
멧돼지 살것다고 서당골로 내빼불고
묏등에 도깨비불이 어쩔 줄을 모르네

종성굴 불비땅이 급치산 넘어가서
가사도 진섬 건너 하의도에 자리 잡고
신바람 마파람한테 정신 다 뺏겼당께

눈 씻고 둘러봐도 뵈는 것은 개미뿐이여
귀갱꾼 없는 꽃은 없는 대로 그냥 피어
타다가 시드는 화판 내 가슴 만 숯땡이네

대왕암 동백

조여온 살얼음을

햇살로 풀어내어

석양빛 보내놓고

어둠이 앞선 길에

오롯이

가로등처럼

온몸 바쳐 불 밝혔다

해운사 물소리

절며 온 지난 발길 계곡물에 씻어낸다
고개티 에돌아선 내리막길 꽃 한 송이
소沼 울음 소리 소리에 못다 삭힌 돌무지

깎아지른 절벽 이고 해운사 내려다본다
촘촘히 쌓아 올린 번뇌 망상 가시덩굴
죄목도 모르는 죄를 다스리는 물소리

돌이끼 메마를까 두려움을 멀리한 채
굽굽이 돌고 돌아 아미타경 흘러와서
깨지고 각진 돌덩이 연꽃 송이 벙근다

송광사 새벽

조계산 깃을 펴고 어둠을 훌훌 털자

부엉이 숲을 깨듯 범종 소리 뻗어가고

이 골짝 저 골짝 사이 금강경이 물든다

매미 날다

유리집 깨부수고 몸 가뿐 날아오른 날

푸른 숲 책장에서 꺼내 든 몇 권 고서古書

등에다 낡은 갓 쓰고 책 읽기가 한창이다

청빈한 삶이라서 배고픔도 덕德이겠다

흰 구름 도포 자락 너울너울 흥이 돋아

계곡에 물소리 좔좔 시름 모두 씻겨간다

쪼리*

가파른 오르막을 기름 없는 불 지핀다
더 이상 자질이나 깊이쯤은 던져두고
끌고 온 발가락 사이 지그시 파낸 봉분

그 소沼에 맥을 짚어 창 꽂은 그 자리에
밟고 온 돌부처 조근 조근 다듬는 말
왔던 길 돌아도 보고 귀도 쫑긋 세우고

박힌 돌 등에 지고 신발 끈 잘 묶어야지
허술한 쪼리 위에 위태롭게 끊긴 닻줄
쥔 잃은 회전의자에 짙은 녹물 앉았다

* 엄지발가락과 둘째 발가락 사이에 줄을 끼워 신는 슬리퍼.

정형시를 쓰다

꿈꾸는 3장 6구 실을 꼬듯 꼬는 저녁
첫날밤 당긴 입술 둥둥 뜬 구름 위에
별처럼 흩어진 초장 정처 없이 떠돈다

사르르 내린 눈발 하얗게 지운 텃밭
경운기 바퀴 따라 단어 가뭇 사라지고
다 헐린 엔진 소리에 중장이 흔들린다

글보다 앞선 말이 손끝에서 허물어져
밀물처럼 썰물처럼 몇 번을 갈고닦아
무뎌진 정 끝을 쥐고 쌓아 올린 삼층석탑

미포만 바람

태화강 짙은 안개

허허벌판 출렁인다

발자국 뗼 때마다 가로막힌 해양산업

연이어 허물어지는

파도 같은 고철들

2부

태화강의 봄

태화강의 봄

물소리

문을 열어

물감을 꺼내 들고

빛바랜 강둑에다

초록 염색 하고 있다

유채밭

부침 한 접시

봄의 허기 달래며

붕어빵

연탄불 자궁에서

붕어가 태어난다

내 새끼 다독이듯 지극한 어미 손길

저토록 살아온 냄새

이제서야 맡는다

손금

아무리 털어내도 너를 떠나 못 산다는

단명을 재촉하는 끊어진 짧은 도랑

소문난
철학관 어른
돋보기에 써 있다

가뭄을 짓밟고도 도랑 치던 아버지

실금이 사방으로 난무한 논두렁에

씨줄이
날줄이 되어
부자 되긴 글렀단다

멧돼지 출몰

증손주 옷 사준다 농사 다 된 비탈밭에
멀쩡한 청천대낮에 멧돼지 떼로 붙어
지가 먼 갱운기라고 온 천지 다 갈아엎네

이따끔 머리 들고 힐끗힐끗 쳐다봄시로
탈곡기 타작하듯 싹싹 쓸어 먹어불고
보랑께 성한 구석은 어디 한 군데도 없어

송장이 따로 있당가 눈 뜬 내가 송장이제
억장이 무너져도 소리 한 번 못 지르고
어디다 원망하거나 받어낼 곳이 없당께

십리대밭에 들어

태화강 맑은 물이 동해바다 맥을 이어
사사사 부는 바람 댓잎 서로 손잡으며
청백리 그 한마디를 여기 와서 들을 줄

청아한 백 리 길을 연어 떼 돌아온다
강물에 어진 대숲 어화둥둥 흔들리고
바람이 잠잠해지자 내려앉는 백로 떼

발길도 멀어지고 구름도 뒤로하고
저마다 노드리듯 하늘길 자질하며
닿을 듯 머리를 숙여 손 흔드는 조릿대

어째서 쓸까

홀로된 고목 곁에

달라붙은 늙은 자식

오뉴월 마른 도랑 물길 파듯 파고든다

다 주고

남은 것이라곤

쭉정이만 있는데

태화강 갈대

속이 텅 비어 있어

꺾어질 줄 알았었다

모진 바람 눈보라에

넘어질 듯 굴기하다

결국엔

바람이 베이고

피 흘리며 울고 간다

홍시

아가
감나무 끝에
다 익어 눈瞐 째깐 따주라

애간장 다 태우고

글썽글썽 눈물 까뜩 찬

몰랑한
니 생각나는
저 홍시 말이다

폐선

다리 건넌 갯벌밭에 접질려 돌아본다
부대끼고 부대끼며 불안에 흔들거리는
홱 감는 회오리바람 주저앉아 삭은 목선

목선 한 척 흔들리는 개초리* 선착장에
삐거덕 당겼다가 밀어내는 몽고지에
잡힌 손 일어선 핏줄 가슴 울컥 메이던

울컥 메인 가락가락 눈발로 휘날린 날
보배섬 홀로 두고 나를 실어 뭍에 보낸
갯벌에 으스러지는 네 앞에서 나를 본다

* 진도군 지산면 가치리에 있는 선착장 이름.

심동저수지*

여거디 새팍이고 저거디가 안방 같다
물에 잠긴 초가지붕 잔물결 이엉 이듯
널 자리 어머니 손길 온기 아직 출렁인다

짊어진 허기 풀어 멜빵 다시 조여 매고
등에 박힌 물집 한 짐 허리 휜 지겟가지
그 시절 외나무다리 가물가물 떠다닌다

밑거름 힘을 얻어 벗 삼은 텃밭에서
가붓이 쉬어 갈 쉼터 하나 없는 터전에
아버지 지벅거리다 앞산 새집 가시고

밥 짓던 그날같이 굴뚝 연기 자욱한데
담담한 물살 헤쳐 청둥오리 날아가고
개구리 파문을 들고 가슴 깊이 파고든다

* 전남 진도군 지산면 심동리에 있는 저수지. 아랫심동이 물속에 잠
겼다.

36

끈한 생각

깃대봉
고개티
한 가닥 잘라 와서

어머니 굽은 능선 지팡이에 맡겨두고

눈빛을
하늘에 걸어
그려놓은 딸아이

보배섬 新 흥그레타령

삼경에 니 아부지 꿈에 생생하더라

아그덜아 시방 먼 일이 일어날지 통 모르것다 멀쩡한 정신이 춘향이 그네 타면 샛대 꽉 쥐고 이 구석 저 구석 다 더듬고 또 더듬어야 어디 그것뿐이냐 느그덜 나뿌닥 잊어분 지도 까마득해갖고 금방 밥 먹고 돌아서서 머리가 깜빡깜빡한 것이 요렇게 정신 나가서 갈팡질팡한단 말이다

늙은이 하나 둘 맹감 따로 산에 가서 안 온게 난들 어쩌것냐 간밤에 자은댁이 가부렀단다 인자 남은 것은 나 말고는 아무도 없어야 놈들은 내가 젤로 행복한 사람 같다고 해도 죽고 싶은 생각이 꿀떡 같을 때가 한두 번이 아녀야 내 맘에 걸린 달덩이 같은 새끼들아 막내아들 성공한 것까지 꼭 볼랑께 죽고 잡어도 못 죽고 눈에 걱정이 영 안 떨어진다야 그랑께 어짜던지 놈하고 모도 이좋게 살아야 쓴다 내 말 단단

히 새겨들거라이

자다가 귀신도 몰래 가부렀으면 쓰것다마는…

쑥밭

황소는
천방지축
널뛰는 산더미다

주인 잃은
빈 코뚜레
맥없이 끌려오고

쓰러진
콩밭 사이로
출렁이는 푸름만

3부
묘박지

묘박지

산더미 이고 지고

나사 박힌 화물선

두 눈 파랗게 뜨고

어두운 밤 찢고 있다

등대는

비좁은 길을

눈빛으로 넓히고

울돌목 야경

들고 나는 소용돌이

화살로 박힌 달빛

임진년 비명 소리 씻김굿에 춤을 춘다

충무공 난중일기가

초서체로 귀에 쟁쟁

진도

아리랑 봄동 뜯어 무쳐내는 육자배기
홑앗이 흥타령에 여객선이 시름 앓고
섬들은 운무 속에서 들썩들썩 걸뜬다

뽕할머니 냉가슴에 드러내는 모세의 길
다시래기* 한마당에 둥 둥 둥 북이 울면
진돗개 별빛을 물고 그물망을 풀고 온다

하늘에 두 팔 벌려 기氣 받는 진도대교
비파 타는 울돌목에 은빛 비늘 파닥이고
만금산** 치맛자락에 강강술래 달이 뜬다

* 진도의 장례 풍속으로, 상주를 위로하기 위해 벌이는 상여놀이. 중
요무형문화재 제81호.
** 진도 유네스코 무형문화재 강강술래 터가 있는 곳.

파도

시조집 찰박찰박 한 장씩 넘겨본다

음절과 음보, 음보

행과 연을 씻어가며

갯바위 허리춤에다 행궈내는 관념어

바다 그늘

낮달이 끌어가는 썰물 위에 목선 한 척

궤적軌跡을 풀어내는 이슬 젖은 배따라기

닷봉은 버거운 삶을 한 음절로 도려낸다

찬 서리 내리던 때 미역 동발 걸어놓고

해수에 불어터진 손 누덕누덕 덧대어서

이면의 장대 끝에다 들어 올린 보름달

갯바위 발자국을 스르르 밀어내면

껴입은 어둠 속에 등대 불빛 마중하고

치마폭 너울을 타고 봉황새가 날아든다

허울

자빠질 줄 모르고

널뛰다 돌아보니

물 건널 돌다리가 사라지고 안 보인다

또 한 번

벼랑 끝에서

무너지는 순간이다

어미란 다 죄여

질기고 질긴 뿌리 무슨 한이 저리 서려
메마른 젖꼭지에 찰싹 붙은 거머리 떼
다 닳은 등 굽은 호미 그 한 끝을 말아 쥔다

딸이나 아들이나 서늘한 찬밥 되어
천생에 원앙 어디 하늘에나 있을거나
뻐꾸기 둥지 안에서 천리만리 더듬는다

진작에 포기해도 일손이 안 잡힌다
탯줄에 달라붙은 끈끈한 어미란 죄
차디찬 냉골에 누워 모래 밥을 씹는다

新 동해안별신굿

수건에 새긴 덕담 땀방울 문양 넣고
박동이 뛰는 라인 자로 재던 새벽녘
허리에 안전 로프를 진득하게 동여맨다

수출용 부둣가에 사고 상床 차려진다
듬직한 어깨들이 넙죽넙죽 절을 하면
뻥 뚫린 뱃길을 보며 지폐 말아 무는 돼지

흥부네 금도끼로 줄 끊어 박을 탈 때
콸콸콸 쏟아내는 금박지 빛의 폭포
파이프 무는 무역선 뱃고동을 뿜는다

서릿발 대웅전 짓다

길 잃은 귀뚜라미 천수경을 밝힌 밤

달빛에 꼬리 잡혀 절 못 든 풀 한 포기

서릿발 귀를 세우고 대웅전을 짓는다

구름은 흘러가고

올라선 여든 고개 썰렁한 바람 끝에
온 사방 둘러봐도 구름만 일고 진다
혼자서 중얼거린 말 주워듣는 돌멩이

고작 다닌 길이라고 마당 끝 귀퉁이다
헐지 못해 세워둔 양지바른 돌담 밑에
빈 땅에 자잘한 들꽃 내 친구자 말벗이고

신작로 길모퉁이 뿌옇게 차가 온다
혹시나 기다리는 이 속 다 빠진 것이
보도시 핀 오금에서 자갈 굴러댕긴다

어머니

꽃 피고 새가 우는

한 생이 적혀 있다

툭 툭 툭 발길질에 벼랑 끝 아픔까지

아무도

넘겨볼 수 없는

천길만길 이 물속

떠도는 빛

횅한 도심 속을 마른 잎 굴러간다
바람이 굴러가다 머무는 구석 자리
짙은 밤 냉기 뒤덮고 신음 소리 새어난다

겨울 찬별 얼음 조각 발밑에 채워놓고
무엇을 꿈꾸는지 눈 뜨고 잠든 고기
심해행深海行 환승을 위해 미로 속을 헤맨다

2막으로 끝나가는 흑백의 독립영화
편집 덜 된 필름들을 새벽 전철이 되감고
침묵한 표정 속으로 파열음이 묻힌다

4부

몽돌 소리

몽돌 소리

대팻날 끼운 파도

날 세운 썰물 밀물

모난 돌 조각 무리 찰박찰박 다스리면

멍들어

얼룩진 상처

그도 모두 꽃이다

잡초

발 뻗고 살아보려

옹벽에 터 잡았다

눈길 한 번 못 받아도 걸리는 것 없다면

발밑에 실금 하나가

죄인 줄을 몰랐다

야간 공습

25시 뛰어와서 깊이 빠진 잠결 속에
파공음 경주하듯 집중 폭격 시작한다
폭탄을 투하한 자리 탄피를 긁어내고

매복 나온 손바닥 잽싸게 때린 요격
마하로 후퇴하는 적기는 조용하다도
생존과 죽음의 문턱 수시로 넘나든다

정찰기 경보음이 점점 더 가까이 오자
용량을 초과하여 힘 달린 저속 비행
적군은 안갯속에서 살길 샅샅 뒤진다

봉대산 문 여는 소리

삼신할미 등에 업힌

불덩이 울음소리

그믐달 돛 단 듯이 뼈저리게 가는 소리

그 사이

늙은 소나무

잔주름 크는 소리

흔들림체 시詩

달리는 고속도로 흔들림체 시를 쓴다
먹 가는 엔진 소리 매연에 찍어낸 붓
차선을 벗어난 시어 퇴고하는 경적들

꽉 막힌 6차선이 파지를 구겨내고
앞 좌석 빈자리에 수사법 앉힌 노인
허기진 재생 타이어 오류를 땜질한다

부족한 냉각수는 이미지로 가득 채워
차체 따라 흔들리는 3장 6구 12음보
시동 끈 차창 밖으로 하늘 한 장 파랗다

고리채

늦가을 노루 뒷발 천정부지 그것 맞아

코뚜레 부러진 소 넉장 뛴 그것 맞아

흑염소 휘어진 뿔이 되받아친 벼랑 끝

한목숨 짊어지고 굽은 허리 더 굽히는

더 굽힌 허리 그 허리 다시 펴지 못할

그 아래, 그 아래 눌려 숨통 죄는 검은 꽃

탐석

끝없는 파도 소리

주워 담고 주워 담고

쓸려 왔다 쓸려 가는 간만의 사이사이

물 젖은 빈손을 털며

달빛 속을 더듬는다

반半 타령

저 땅에 반은 서고 반은 거기 들어앉아
온종일 길 못 찾고 헛걸음에 가는 햇살
그 집의 와이파이는 편안하게 잠을 잔다

먹다 둔 밥그릇에 반쯤 담긴 허기 같은
바퀴벌레 놀다 가는 허전한 반지하 집
그 안에 사는 사람들 사시사철 봄이다

반 걸린 유리창을 온전히 열지 못해도
맨바닥 세를 들어 곱게 핀 야생화는
언제나 웃어 보이는 그들만의 영역이다

문지방 넘다 말고

다 늙은 가죽나무 능선 같은 뼈를 지고
가풀막 실눈빛이 반달 옆에 나란히 누워
이전에 팍팍한 길을 구렁이 담 넘듯 본다

꿩밥* 뽑아 온다고 홍 어미 앞산 간 뒤
이저리 뒤져봐도 씨가 마른 말벗이라
꽁꽁 언 얼음장 밑에 가슴앓이 껴안고

까마귀 야단법석 감나무에 걸린 아침
뜨락에 꽃이 피는 봄이라나 봄날이라나
밥 먹듯 입에 담아둔 가겠다던 그 봄에

* 한국 춘란 난蘭꽃, 진도에서는 꿩밥으로 나물을 해 먹는다.

봄날 아무도 모르게

침침한 불빛 아래

인기척 말라 있다

쪼개진 장작처럼 미라가 누워 있고

저 혼자 뻐꾸기 와서

문상하며 곡한다

해동 먼 날 어머니 본다

텅 빈 드므 허전한 날
오일장 떠난 자리

접어진 세상 얘기 똬리로 이고 와서

묻지 마 신문 기사를
좌판 위에 깔아놓고

수줍은 냉이 함께
달래랑 머리 빗겨

스치는 인기척에 봄나물 사 가세요

덤으로
거북 두 마리
공양하듯 내밀었다

근황

묘수에 꼬인 길을

등 뒤에 숨겨두고

두 아들 재롱 앞에

한바탕 너털웃음

볼트를

조이는 손이

25시에 떨고 있다

5부

구舊도로

구舊도로

석남터널 배경 삼아 도로는 한산하다

주막집 평상 위에

먼지 수북 쌓여가고

그 많던 차량 행렬이 안개 속에 숨었다

어쩌가

남몰래
사랑하여 대궐에 꽃피워 놓고

그 자궁 어쩌자고

한 손으로 가리는가

하늘에
걸린 카메라 재생하는 빛 빛 빛

돌을 쪼다

울퉁불퉁 각진 바위 순하디순한 것이

절차탁마 그 속에서 땀방울 뚝뚝 진다

손바닥 물 마른 도랑 물집이 집을 짓고

쇠망치 천둥 치고 정 끝에 번개 튄다

뼈 깎는 목탁 소리 대웅전에 알려오고

물집에 연꽃이 피어 큰부처님 드신다

그러지 마

금이 간 무릎 끌고

정상을 올라가며

잔가지 꺾어내고

박힌 돌 걷어차다

삐끗한 발목을 잡고

엎드려 듣는 소리

동해남부선

지느러미 감춘 바다 퍼덕퍼덕 달려온다
첫새벽 잿빛 어둠 엉덩짝 매를 치며
간절곶 삼신할매는 핏덩이를 받아 든다

꾸벅 조는 역사驛舍 너머 천식 앓는 늙은 굴뚝
피워 문 담배 연기 추상화를 그려간다
눈 흘긴 평평한 수평선 활시위를 당길 때

봄 멸치 대변항에 햇빛을 뿌려댄다
실종된 어족 몇몇 그물코 걸려 있고
오후의 세 시 열차는 아직 오지 않고 있다

금오산 가을

다람쥐
상수리나무
가을빛 먹습니다

봄부터 짜 입은 옷
티 없이 벗어내면

하늘은
바닥을 들어
가진 것 다 들춥니다

만선의 아침

항구를 떠나올 때 마음 한쪽 밝힌 그믐달
빛도 정도 묻어버린 칠흑의 바다에서
뱃전에 사나운 짐승만 흰 이빨 드러낸다

한 생의 궤적만큼 저인망 풀어놓고
다시 한번 끌어댄다, 약속의 땅 역사役事 앞에
믿음을 저버린 것들 그물 찢겨 달아나고

갈퀴 된 손마디로 가꿔온 물이랑이랑
어둥둥 내 새끼들 금조기 은갈치 떼
트롤에 끌려 나오는 펄펄 끓는 순금 덩이

칼잠을 썰어대며 깜빡이던 등대 불빛
경호원 갈매기가 에워싼 부둣가엔
경매꾼 잽싼 손놀림 상형문자 날린다

설악의 아침

넘실대는 구름바다 대청봉이 일어서서
단풍빛 돛을 올려 동해에 떠가는 배
수군水軍은 북을 쳐대며 사자후를 토한다

이 섬 저 섬 호령할 때 풍랑은 숨죽이고
칼 가는 공룡능선 방패 든 울산바위
남해로 거북선 띄우고 승자총통 불 뿜는다

무림고원 난중시대 북으로만 가는 역주逆走
백의종군 그 눈빛이 살아 다시 오는가
저 천하 붉은 함성이 새 아침을 여는데

달맞이꽃

뙤약볕 뒤에 두고 강둑을 걷는 연인

쉼 없이 흘러가는 물 따라 굽이친 길

무심코 던진 돌멩이 파동 속에 묻힌다

여울진 물소리로 가슴에 파고들어

바람에 흔들리는 고개 숙인 달맞이꽃

이 한낮 가고 또 가도 혼자서는 못 간다는

씹는다

너는 참 잘난 사람

나는 참 못난 사람

나는 너의 벙어리

너는 나의 앵무새

밤낮을 가리지 않고

자갈자갈 뱉는다

꽃비 내리는 날

꽁꽁 얼어붙은 다진 몸 훌훌 풀어
한 사날 날린 눈발 휘파람 불며 와서
강물로 출렁거리는 파란 하늘 끝자락

몸살 앓는 브레이크 경계선 쫙 그어
핸드폰 액정 화면 버튼에 불을 붙여
밟히는 발자국마다 연기자가 되었다

백지장 꽃잎 뜯어 뿌려놓은 한 소절에
어머니 만가 따라 세상 끝 당기시던
가신 길 걸음걸음에 꽃비 슬슬 내린다

소나무 옹이

멍한 하늘 쳐다보며 한숨 푹푹 끓여낸다

덜 여문 핏줄 하나 가슴에 옹이 박고

암울한
구만리 앞길
굳게 깔린 비구름

환하던 웃음꽃이 속은 다 시들어서

흐르지 못한 피가 송지로 눌어붙어

부러진
긴 팔 하나가
절벽 끝에 걸렸다

삶의 원형성과 보편성을 탐색하는
근원적 서정

유성호 문학평론가·한양대학교 국문과 교수

1. 단단한 정형과 속 깊은 언어

김승재 시인의 시조집 『대왕암 억새』는, 자기 기원origin
의 추구와 시조 양식의 탐구 과정을 함께 담아낸 진정성
있는 내면 토로의 고백록이다. 전남 진도 태생인 시인은
이번 시조집 안에 고향의 말과 풍경을 여러 장면에 담아
보여줌으로써 퍽 근원적인 서정의 양상을 드러낸다. 이
러한 과정을 통해 '시인 김승재'의 삶과 언어는 정착과 유
동流動, 고전과 낭만, 정형과 자유로움의 교차적 긴장을
반복하고 있다고 보아도 크게 틀리지 않을 것이다. 또 그

는 이번 시조집에서 단단한 정형과 속 깊은 언어와 따뜻한 마음으로 단연 개성적인 세계를 들려주는데, 정형 율격을 충실하게 지키면서 정형시가 주체와 세계 간의 견고한 균형을 통해 근원적 가치를 회복하고 탈환하는 양식임을 우리에게 증명하고 있는 것이다.

또한 김승재 시인은 우리가 살아가는 시대의 가파른 삶을 세심하게 관찰하고 묘사하면서, 시조 양식에 대한 섬세한 자의식을 보여주기도 하고, 자연 사물에서 삶의 이법을 유추적으로 발견하는 과정을 선사하기도 한다. 이번에 모아진 작품들은 이러한 그의 장처長處를 고스란히 충족하면서 사려 깊은 그의 역량을 유감없이 보여준다. 그것은 강렬한 예술적 자의식에 바탕을 둔 채 존재자들을 향한 따뜻한 시선으로 현상하는 세계일 것이다. 물론 그의 시조는 사물의 표면이나 타자의 외관을 개괄하는 서경적 필치나, 스스로의 고백을 위주로 하는 서정적 경향이나, 사회 현실의 반영을 지향하는 현실주의적 흐름으로부터 일정하게 비켜나 있다. 그렇다고 그가 심미적 완성도에 공력을 들이는 근본적 미학주의자인 것도 아니다.

다만 김승재의 시조는 이러한 여러 지향이 놓치고 있는 어떤 지점에서 발원하는 세계로서, 삶을 규율하고 유

지혜가는 근본 조건들, 예컨대 인간의 의지나 노력으로는 어쩔 수 없는 애착이나 그리움 같은 것을 노래한다. 그는 자신의 삶에서 초래되는 운명이나 그로 인한 슬픔 같은 근원적 정서를 시조의 안으로 불러들이면서, 그 정서를 한 편의 시조로 표현하고 구성하는 방법에서 언어의 직능을 믿는 시인이다. 사물과 언어가 끊임없이 서로를 매만지면서도 필연적으로 서로 결속해가는 과정을 양도할 수 없는 열정으로 보여주는 것이다. 이번 시조집은 이러한 언어와 열정으로 갈무리된 산뜻한 미학적 화폭으로서, 우리 시조시단은 이번에 매우 개성적인 시조집 하나를 기억하게 될 것으로 보인다. 이제 그 안으로 한 걸음씩 들어가 보도록 하자.

2. 원형성과 보편성을 품은 치유의 순간들

김승재 시인의 시조집 『대왕암 억새』는 진솔한 고백과 탐색과 사랑의 시학에서 발원하고 완성되어간다. 아득한 몸의 시간을 지나 궁극적 긍정의 언어로 거듭나는 과정이 그 안에 아름답게 그려져 있다. 우리는 이번 시조집에서 존재론적 사유와 함께 사랑의 에너지를 가진 시인의 마음을 만나게 되는데, 그만큼 시인은 자연 사물을 그 외

관과 속성에서 풍부하고도 다양하게 재현하면서 원형적
이고 보편적인 뭇 생명들을 발견해간다. 시인의 시선이
가닿은 사물은 그의 경험 깊이 놓인 각양의 존재자인데
이들은 원형성과 보편성을 품으면서 신성하고 무궁한 지
평을 향해 한 걸음 더 나아간다. 그리고 그것은 삶의 근원
적 결핍을 성찰하고 치유하는 속성을 통해 시인의 크나
큰 품을 만나게 해준다. 김승재의 시조가 추구하는 원초
적 시간은 이렇게 구성되고 펼쳐지고 있다.

　　포말이 빗질하는 헝클린 백발 머리

　　난바다 파도 소리 가져온 고전을 받아

　　누천년 흘러온 전설 장장이 읽고 있다
　　　－「대왕암 억새」 전문

　　절며 온 지난 밭길 계곡물에 씻어낸다
　　고개티 에돌아선 내리막길 꽃 한 송이
　　소沼 울음 소리 소리에 못다 삭힌 돌무지

　　깎아지른 절벽 이고 해운사 내려다본다

촘촘히 쌓아 올린 번뇌 망상 가시덩굴
죄목도 모르는 죄를 다스리는 물소리

돌이끼 메마를까 두려움을 멀리한 채
굽굽이 돌고 돌아 아미타경 흘러와서
깨지고 각진 돌덩이 연꽃 송이 벙근다
　　-「해운사 물소리」전문

　시인은 먼저 대왕암의 억새를 신비로운 풍경으로 묘사
한다. 삶의 결핍을 넘어 새로운 충일감으로 나아가기 위
해 자연 사물의 아름다움과 신성함을 시조 안으로 끌어
들인 것이다. 흰 포말과 난바다 파도 소리가 감각적 충일
함으로 존재하는 그곳에서 시인이 발견하는 것은 "헝클
린 백발 머리"가 가져온 '고전'이라는 함축적 의미이다.
이 고전적 가치에 대한 숭상과 발견과 전유 과정은 그 자
체로 "누천년 흘러온 전설 장장이 읽고" 있는 시인 스스로
의 삶을 은유하는 것일 터이다. 서정시는 무심히 지나칠
법한 사물의 존재 형식으로 삶의 본질을 투시하고 형상
화하는 예술 양식이기 때문에, 김승재 시인은 사물의 존
재 형식과 삶의 본질을 유추적으로 결합시키는 서정시의
작법으로 삶의 본질에 대해 깊은 사유를 진행한 것이다.

시인은 이러한 과정을 통해 삶의 비의秘義에 가닿으려는 일관된 의지를 보여주는데 그것은 사물 속에 편재해 있는 새로운 질서를 찾아 나서는 역동적 감각으로 나타난다. 그리고 시인은 해운사를 찾아 나선다. 그곳 계곡물과 꽃송이, "소 울음 소리"는 모두 시인의 "절며 온 지난 발길"을 치유하고 씻어주는 역할을 한다. "끌고 온 발가락 사이 지그시 파낸"(「쪼리」) 상처를 지나 내려다보는 '해운사'는 번뇌 망상을 치유하고 죄를 씻어주는 물소리로 충만하다. 그 물소리의 힘은 아미타경 소리로 흘러와서 돌덩이로 하여금 "연꽃 송이"로 피어나게 한다. 그래서 절의 물소리는 "멍들어// 얼룩진 상처"(「몽돌 소리」)마저 모두 꽃으로 변화시키며, 삶의 고통이나 번뇌가 "또 한 번// 벼랑 끝에서// 무너지는 순간"(「허울」)을 안겨주게 된다. 두고두고 맑은 물로 씻겨갈 시인의 맑은 마음이 만져지는 듯하다. 이처럼 김승재의 시조는 맑은 언어와 상상력을 통해 삶의 불모성을 넘어 새로운 존재 방식을 열어가는 양식으로 진화한다. 특별히 시인의 각별한 감각을 통해 자연 사물의 미세한 움직임까지 세심洗心의 과정에 동참하는 것은, 모든 존재자들이 가지는 결여 형태를 우리 시조가 크게 품을 수 있다는 것을 암시해준다.

조계산 깃을 펴고 어둠을 훌훌 털자

부엉이 숲을 깨듯 범종 소리 뻗어가고

이 골짝 저 골짝 사이 금강경이 물든다
　－「송광사 새벽」전문

다람쥐
상수리나무
가을빛 먹습니다

봄부터 짜 입은 옷
티 없이 벗어내면

하늘은
바닥을 들어
가진 것 다 들춥니다
　－「금오산 가을」전문

　이 두 편의 단시조는 원형성과 보편성을 두루 함유한
치유의 상상력을 선명하고 간결하게 보여준다. 어둠을

털고 조계산이 깃을 펴자 범종 소리가 부엉이 소리처럼 뻗어가고 '송광사 새벽'은 골짜기 사이로 물들어 가는 금강경으로 채워진다. 그런가 하면 '금오산 가을'은 다람쥐와 상수리나무가 어울리는 가을빛으로 물들어 가는데, 나무는 봄부터 짜 입은 옷을 벗고 하늘은 바닥까지 가진 것을 다 들춘다. 이러한 단형의 필치는 자연이 필연적으로 가지는 생성과 소멸의 질서를 잘 보여준다. 새벽에 움터오는 신생의 질서와 가을에 저물어가는 소멸의 질서가 아름다운 조화를 이루면서 김승재 시조의 축이 되어주는 것이다.

이처럼 김승재 시인이 노래하는 자연의 아름다움에는 새로움과 사라짐에 대한 수긍과 배려의 마음이 들어 있다. 시인은 생명의 이법에 대해 노래하면서 자연 사물이 삶의 신생과 소멸 과정을 은유하는 가장 보편적인 제재임을 훤칠하게 증명한다. 이러한 그의 밝은 눈이 시조집 곳곳에서 예민한 섬광처럼 빛을 발하고 있다. 자연 사물의 속성을 따라 매우 섬세한 반응을 보이면서 삶의 비의를 유추해내는 적공을 일관되게 구축해가는 김승재의 시조는 인간과 자연이 근원적 관계를 맺고 있다는 관점을 통해 인간과 자연 사이의 관계론을 보여주는 방향으로 씌고 있다. 그래서 우리는 김승재 시학의 핵심 방법론에

원형성과 보편성을 품은 신성하고 무궁한 치유의 순간들
이 흐르고 있다고 말할 수 있을 것이다.

3. 고향에 대한 기억을 통한 삶의 위안과 희망과 사랑

시조만의 고유한 양식적 속성인 '정형'은 자유로운 사
유와 감각을 가로막는 불필요한 장애 요인이 아니라 오
직 그것을 통해서만 예술성을 성취할 수 있는 불가피한
'존재의 집'이다. 마치 기차가 선로에서 벗어나면 탈선하
는 것처럼 시조가 정형을 벗어나면 양식적 자기부정에
이르게 되니까 말이다. 그만큼 정형은 맹목의 규율이나
억압의 외피가 아니라 정연한 질서를 이끌어가는 핵심
동인動因인 셈이다. 정형 안에 이루어지는 시인들은 전언
傳言은 상대적으로 커다란 스케일보다는 작고 미세한 것
의 움직임에서 연원하는 경우가 많다. 말하자면 큰 파장
을 불러오는 것보다는 이른바 '충만한 현재형'에서 구축
되는 순간의 미학이 우세하기 마련이고 그것이 정형 안
에 잘 갈무리됨으로써 우리는 시인 자신의 고전적 사유
와 감각을 경험하게 되는 것이다. 김승재 시인의 음역音域
은 먼저 존재론적 기원에 대한 추구와 재현 과정을 정형
안에 배열함으로써 형성된다. 이때 '기원'이란 지나온 시

간을 직접적으로 거슬러 오를 수 있는 원초적 대상을 뜻하는데, 시간을 역류하는 것은 단순하게 과거를 복제하는 것이 아니라 지나온 시간을 원초적 경험으로 생성하면서 그것을 다시 삶의 현재형과 연루시키는 과정을 말한다. 김승재 시인은 그러한 능동적이고 현재적인 기억을 통해 자신의 존재론적 기원을 노래하는데, 이러한 목소리로 현실에서는 불가능한 존재 전환을 꾀하는 것이다. 물론 그의 사유와 감각이 비현실적 몽상으로 이루어져 있는 것은 결코 아니다. 오히려 시인은 현실을 순간적으로 넘어서면서 전혀 다른 상상적 거소居所를 만들어내고 궁극적으로는 지상에서 살아가는 이들의 존재 방식을 긍정하는 쪽으로 귀일해간다.

　　이것이 겁나게도 아주 먼 옛날 말ᅟᅳ이어
　　동석산 돌종 천 개 내걸린 바우독 굴에
　　비땅이 얻어준 공양에 팔자 핀 땡중 말여

　　어느 날 찾아온 보살 끼니 걱정에 걸려
　　동굴을 두 번 쑤셔 밥 두 그릇 청했는데
　　밥커녕 뻘건 쇳물이 철철 넘쳐 흘렀당께

순풍에 돛이 달린 불바다에 헤엄치다

쥐도 새도 절도 중도 연꽃도 다 타불고

쩌 보게 흔적이라고는 종성굴만 남었네

  ―「종성굴 전설」 전문

  '종성굴'은 진도 동석산 능선 중간쯤 있는 굴이다. '동
석산'은 큰 절벽이 많아 수려한 경관을 자랑하는데 종성
굴에 마파람이 스치면 은은한 종소리가 들려온다고 한
다. 그곳 전설을 제목으로 삼은 이 시편은 우리에게 강렬
한 지역공동체를 떠올려준다. 그것은 "겁나게도 아주 먼
옛날" 이야기에 바탕을 두고 있다. 동석산 돌종들이 내걸
린 굴에서 쇳물이 넘쳐흐르고 결국 불바다에 모든 것이
타버리고 종성굴만 남았다는 전설이 그것이다. 동석산
'종성굴'의 전설을 진도 방언의 흐름으로 재현한 이 작품
은 그만큼 원초적 생명에 대한 탐사와 긍정의 미학을 간
직하고 있다. 물론 이는 풍요로운 자연 경험이 밑바탕을
이루고 있는 것이지만 한편으로 이제 전설로만 전해지는
자연의 위용에 대한 시인 자신이 흠모하는 역상逆像이 반
영된 것이기도 하다. 그야말로 원초적 활력을 내장하고
있는 자연 사물은 생명이 약동하는 모습 못지않게 세월
의 형상을 품고 있는 것이기도 할 것이다. 그 재현 과정을

김승재 시인은 진도 방언으로 담아낸 것인데, 이러한 입말의 구현과 복원은 그 자체로 문화 생성과 보존의 전위적 역할을 한다. 그동안 토착어의 보존과 활용은 우리 시조에서 매우 중요한 자산이었으며 지금도 변치 않는 후속 의제일 것이다. 다양한 언어가 만들어내는 힘이 우리말의 무한한 가능성일 것이기 때문이다. '까마귀도 내 땅까마귀면 반갑다'는 속담처럼 자신이 나고 자란 곳의 말은 누구에게나 반갑기 그지없는 것이 아니겠는가. 이번 시조집에는 이러한 진도 입말의 착실한 재현 과정이 많이 나타나서 귀한 언어적 자료가 되고 있다.

아리랑 봄동 뜯어 무쳐내는 육자배기
홀앗이 흥타령에 여객선이 시름 앓고
섬들은 운무 속에서 들썩들썩 걸뜬다

뽕할머니 냉가슴에 드러내는 모세의 길
다시래기 한마당에 둥 둥 둥 북이 울면
진돗개 별빛을 물고 그물망을 풀고 온다

하늘에 두 팔 벌려 기氣 받는 진도대교
비파 타는 울돌목에 은빛 비늘 파닥이고

만금산 치맛자락에 강강술래 달이 뜬다
  −「진도」전문

  '진도珍島'는 시인의 존재론적 원적原籍으로서 그 안에
는 오랫동안 시인 자신이 겪어온 절실한 경험이 녹아 있
고 그 경험적 시간을 새삼 재배열하는 '기억의 축도縮圖'
가 가로놓여 있다. 시인은 지나온 시간 속에 머무르던 순
간들을 불러내어 그것을 선명하게 인화된 흔적에 담아
보여준다. 시인은 그러한 근원적 기억을 통해 절절한 그
리움의 세목들을 아름답게 장착해간다. "아리랑 봄동 뜯
어 무쳐내는 육자배기"가 있고 "홀앗이 흥타령"에 시름
앓는 여객선이 "운무 속에서 들썩들썩 걸"뜨는 섬을 에돌
아가는 곳, 모세의 기적이 일어나고 다시래기 한마당에
북이 울면 진돗개도 자유롭게 돌아다니는 그곳, 진도는
하늘로 팔 벌려 기를 받으면서 "비파 타는 울돌목"에 파닥
이는 은빛 비늘과 만금산 강강술래로 영원히 기억될 것
이다. 그래서 진도는 시인에게 "내 새끼 다독이듯 지극한
어미 손길"(「붕어빵」)을 느끼게 해주며 동시에 우리에게
는 일종의 고전적인 위상을 건네고 있는 것이다.
  이처럼 시인은 고향 '진도'가 품고 있는 다양한 자연 사
물과 기억들을 경험적으로 살려내면서 그곳의 생태와 역

사를 탐사하고 나아가 그것을 삶의 지극한 원리로 은유한다. 그것은 일종의 시원始原을 찾아가는 상상력을 보여주는 것이기도 한데, 이때 '시원'은 시공간적 태초를 의미하기보다는 일체의 훼손이 닿지 않은 어떤 원형의 차원을 함축한다는 편이 옳을 것이다. 이렇게 김승재 시인은 모든 기억이 과거의 사실적 재현이 아니라 원형에 대한 가없는 소망에 의해 구성되는 것이라는 점을 환하게 드러낸다. 그만큼 지난날을 호명하면서도 오롯한 기억의 힘으로 자신의 기원과 삶을 함께 노래하는 시인은, 삶의 근원적 차원을 회복해가면서 어느새 자신이 떠나온 세계를 향해 상상적으로 귀환해간다. 역설적으로 새로운 세계를 구성하려는 의지를 통해 '오래된 새로움'으로 고향에 대한 기억을 심화해가는 것이다. 사람으로 사는 일의 웅숭깊음을 그리는 시인은 이로써 우리로 하여금 고향에 대한 기억을 통해 삶의 위안과 희망과 사랑을 깊이 경험하게끔 해준다. 존재론적 기원을 톺아 올리면서 우리를 새로운 시적 감동으로 이끄는 것이다.

4. 운명이나 비의를 첨예하게 보여주는 창

다음으로 우리가 만날 이번 시조집의 테마는 '시조時

調' 자체에 대한 명민한 자의식에 있다. 우리가 잘 알듯이, 시조는 이성적 합리성으로는 모두 설명되지 않는 인간의 운명이나 시적 비의를 첨예하게 보여주는 언어적 창窓이다. 이러한 속성을 가진 시조 자체에 대해 김승재 시인은 잔잔하지만 그 나름의 격정을 얹은 사유를 집중적으로 보여준다. 아닌 게 아니라 침묵과 발화가 견고하게 결속해 있는 김승재의 시조는 '지금 여기'에 시인 자신을 투사投射하고 부조浮彫하는 형상으로 줄곧 나타나고 있다. 이러한 과정을 통해 그는 시조가 근원적 존재 방식을 궁구하고 탐색하는 둘도 없는 양식임을 강조한다. 다음 작품을 읽어보자.

꿈꾸는 3장 6구 실을 꼬듯 꼬는 저녁
첫날밤 당긴 입술 둥둥 뜬 구름 위에
별처럼 흩어진 초장 정처 없이 떠돈다

사르르 내린 눈발 하얗게 지운 텃밭
경운기 바퀴 따라 단어 가뭇 사라지고
다 헐린 엔진 소리에 중장이 흔들린다

글보다 앞선 말이 손끝에서 허물어져

밀물처럼 썰물처럼 몇 번을 갈고닦아

무뎌진 정 끝을 쥐고 쌓아 올린 삼층석탑

  −「정형시를 쓰다」 전문

　제목에서 느껴지듯 김승재 시인은 자신의 발화 양식이 '정형시'임을 뚜렷하게 자각하고 있다. 이러한 자의식은 실을 꼬듯 "꿈꾸는 3장 6구"를 써가는 과정에서 생성된다. 여기서 시조는 구름 위로 뜬 별처럼 떠도는 초장에서 발원하여, 눈 내린 텃밭의 경운기 소리에 흔들리는 중장을 지나, 밀물처럼 썰물처럼 갈고닦아 쌓아 올린 종장까지 이르는 '삼층석탑'으로 비유된다. 시조를 '삼층석탑'으로 비유하는 시각이 참신하고 또 맞춤하다. 시인의 마음을 따라 "흔들리는 3장 6구 12음보"(「흔들림체 시詩」)는 그 점에서 '시인 김승재'의 호환할 수 없는 예술 양식이고, 시인은 "음절과 음보, 음보// 행과 연을 씻어가며"(「파도」) 자신의 시조를 써가는 것이다. 그때 '시조'라는 미학적 자장磁場은 인간의 운명이나 시적 비의를 보여주는 방법에 의해 주밀하게 짜여 있고, 그 안에는 근원적 순간을 찾아가는 기억들이 하염없는 매혹과 그리움으로 출렁이고 있을 것이다. 다음은 어떠한가.

유리집 깨부수고 몸 가쁜 날아오른 날

푸른 숲 책장에서 꺼내 든 몇 권 고서古書

등에다 낡은 갓 쓰고 책 읽기가 한창이다

청빈한 삶이라서 배고픔도 덕德이겠다

흰 구름 도포 자락 너울너울 흥이 돋아

계곡에 물소리 촬촬 시름 모두 씻겨간다
　－「매미 날다」 전문

　매미의 비상을 통해 '시 쓰기'의 과정과 의미를 은유한
작품이다. 매미가 유리집을 부수고 가쁜하게 날아오른
순간 시인은 "푸른 숲 책장에서 꺼내 든 몇 권 고서"를 펼
친 듯한 느낌과 함께 "등에다 낡은 갓 쓰고 책 읽기가 한
창"인 것 같은 환각을 경험한다. 배고픔마저 덕이 되는 청
빈한 삶처럼 "흰 구름 도포 자락 너울"거리면서 날아가는
'고서/책'이라는 비유체야말로 시인이 쓰는 '시조'의 은

유적 육체인 셈이다. 비록 낡았고 배고프지만, '청빈'과 '덕'으로 가득한 시인으로서의 자긍自矜이 한껏 묻어난다. 우리는 여기서 '시 쓰기'에 임하는 시간이 "청백리 그 한 마디를 여기 와서"(「십리대밭에 들어」) 듣게끔 해주고, 한 걸음 더 나아가 "절차탁마 그 속에서"(「돌을 쪼다」) 시인의 노력까지 보게끔 해준다는 시인의 고백을 듣는다. 이처럼 김승재의 시조는 지나온 시간에 대한 경험을 새롭게 구성해내는 시간예술로서의 특성을 지니면서, 우리로 하여금 오랜 시간을 따라 삶의 근원에 대한 상상을 경험하게 해준다. 스케일 큰 우주로부터 소소하기 이를 데 없는 사물에 이르는 다양한 대상이 정형 안에 담김으로써 이러한 원리는 줄곧 실현된다. 그만큼 그는 경이로운 순간과 함께 꿈과 현실을 넘나드는 시간을 동시에 보여주는 시인이다. 물론 그러한 활력에도 인생론적 비애가 섞여 있고 또 그 비애는 시인의 심미적 감각을 낳는 선순환을 이루는데, 그 안에는 인간의 운명이나 시적 비의를 첨예하게 보여주는 창이 말갛게 빛나고 있다.

5. 의식의 심층을 통해 가닿는 삶의 원형적 희망

김승재 시인은 시조의 양식적 정체성을 꾸준히 지키면

서 그 안에 삶의 가장 심원한 근원적 이법이 숨겨져 있음을 적극 노래한다. 이때 시인 자신을 표현하는 양식으로 이해되었던 '시조'는 비로소 더 깊은 차원으로 확장된다. 말하자면 이번 시조집은 뭇 사물에 대한 관찰과 묘사라는 속성을 이으면서도 원형적 세계에 대한 간절한 희원으로 도약하고 있는 것이다. 선연하고도 절절한 기억 속에서 발원하는 자신의 고유한 존재론을 회억回憶하고 구성해온 시인은 의식의 심층에 의존하여 삶의 원형적 희망에 가닿는 시선을 보여준다. 그리고 그 희망은 시조의 에너지로 한결같이 수렴된다. 몇몇 단시조의 절경을 통해 이러한 원리와 결실을 들여다보도록 하자.

끝없는 파도 소리

주워 담고 주워 담고

쓸려 왔다 쓸려 가는 간만의 사이사이

물 젖은 빈손을 털며

달빛 속을 더듬는다
　－「탐석」 전문

길 잃은 귀뚜라미 천수경을 밝힌 밤

달빛에 꼬리 잡혀 절 못 든 풀 한 포기

서릿발 귀를 세우고 대웅전을 짓는다
　－「서릿발 대웅전 짓다」 전문

'탐석探石'이란 아름다운 자연석을 살피어 찾는 과정을
뜻한다. 끝없는 파도 소리를 담으면서 간만의 사이를 쓸
려 왔다 가고 결국에는 "물 젖은 빈손"으로 달빛 속을 더
듬는 과정이 '시 쓰기'의 은유로 다시 한번 다가온다. 그
리고 "길 잃은 귀뚜라미"와 "풀 한 포기"가 '천수경'을 밝
히고 '대웅전'을 짓는 것 역시 '시 쓰기'의 은유적 과정으
로 나타난다. 이렇게 시인이 발견하고 짓는 '자연석'과
'대웅전'은 모두 아름다운 예술적 의장意匠을 통해 완성해
가는 시조의 존재론을 비유적으로 보여주는 것이다. 시
인은 이러한 과정을 통해 현실에서는 불가능한 존재 전

환의 순간을 누리면서 현실을 벗어나 전혀 다른 차원으로 이동한다. 이때 이루어지는 경험은 자연 사물로 시선을 옮겼다가 다시 자신을 발견하는 쪽으로 회귀하는 절차를 밟는다.

들고 나는 소용돌이

화살로 박힌 달빛

임진년 비명 소리 씻김굿에 춤을 춘다

충무공 난중일기가

초서체로 귀에 쟁쟁
  -「울돌목 야경」 전문

꽃 피고 새가 우는

한 생이 적혀 있다

툭 툭 툭 발길질에 벼랑 끝 아픔까지

아무도

넘겨볼 수 없는

천길만길 이 물속
　　　－「어머니」 전문

　명랑해전의 격전지이자 충무공의 흔적이 강하게 남아
있는 '울돌목 야경'을 바라보면서 시인은 그 소용돌이에
서 임진년 비명 소리가 씻김굿에 춤을 추는 순간을 환각
처럼 바라본다. 새삼 "충무공 난중일기가// 초서체로 귀
에 쟁쟁"해오는 순간이 아닐 수 없다. 그렇게 시인은 역사
의 준엄한 기록을 통해 "함성이 새 아침을 여는"(「설악의
아침」) 순간을 상상해본다. 뒤의 작품에서는 "꽃 피고 새
가 우는// 한 생"을 바라보고 "아무도// 넘겨볼 수 없는//
천길만길"의 물속처럼 '어머니'라는 기원을 돌아본다. 어
디나 "어머니 손길 온기 아직 출렁인"(「심동저수지」) 시간
이 있고 "어머니 만가 따라 세상 끝"(「꽃비 내리는 날」)까지

갔던 시간이 완만하고도 지속적으로 흐르고 있다. 구체적 감각과 따뜻한 언어 사이에 놓인 순간을 담은 김승재의 시조는 이처럼 어떤 예술보다도 시간이나 기억과 친연성을 가지며 우리의 상실된 근원적 감각을 회복시켜준다. 그것은 '역사'라는 현장과 '어머니'라는 기원으로 집약되는데, 시인은 지나온 시간에 대한 반응과 기억을 통해 이러한 투명하고도 아름다운 언어를 보여주는 것이다. 그 흐름을 따라 시인이 꿈꾸는 새로운 시간이 따뜻하게 밀려들고 있다.

우리가 천천히 읽어온 것처럼, 김승재 시인의 시조 미학은 삶의 이치를 직관하고 해석하는 순간적 에너지와 깊이 연관된다. 그의 시조 안에는 소소한 삶의 세목은 물론 거시적 역사의 무게도 단단하게 들어 있다. 그의 시조는 삶의 이치를 직관적으로 포착하여 해석함으로써 새로운 감각을 생성하는 데 충실한 역설의 토양으로 작용하고 있다. 따라서 우리가 김승재의 시조를 통해 읽게 되는 것은 이러한 직관과 온축의 과정을 거친 시인 자신의 오랜 긍정의 세계일 터이다. 아닌 게 아니라 단형의 양식에 함축적 정서를 담음으로써 정형 미학을 체현해가는 김승재의 시조는 가장 사사로운 이야기를 할 때조차 그 안에 보편성과 원형성을 내장하고 있고 그 촉수는 뭇 생명들을 향해 한껏 원심력을 보이다가 다시 자신으로 귀환하는 속성을 견지하고 있다. 삶의 원형성과 보편성을 탐색하는 근원적 서정의 원리를 두루 갖추고 있는 것이다. 이제 우리는, 이러한 득의의 성취를 딛고 더욱 심화된 미학적 차원으로 시인이 한 걸음씩 더 나아가기를 깊은 마음으로 희원해본다. '시인 김승재'의 이름으로 자신만의 심원하고 드넓은 시조의 지평을 향해 나아갈 것을 힘껏 믿으면서 말이다.

김승재

전남 진도 출생. 2013년《시조시학》신인상 등단. 시집『돌에서 길을
보다』『허수아비』외 다수 출간. 시조시학 젊은시인상 수상. 수석인 창
작지원금 및 울산문화재단 창작지원금 수혜. 한국시조시인협회 이사,
한국시조학회, 한국문인협회, 열린시학회, 울산시조시인협회 회원, 공
감-시울림 동인회 회장.

ghkfkdgotjr@hanmail.net

대왕암 억새

—

초판 1쇄 2020년 6월 5일
지은이 김승재
펴낸이 김영재
펴낸곳 책만드는집

—

주소 서울 마포구 양화로 3길 99, 4층 (04022)
전화 3142-1585·6
팩스 336-8908
전자우편 chaekjip@naver.com
출판등록 1994년 1월 13일 제10-927호
ⓒ 김승재, 2020

—

* 본 시조집은 2020년 울산문화재단 지원금을 받아 발간하였습니다.

—

ISBN 978-89-7944-725-5 (04810)
ISBN 978-89-7944-354-7 (세트)